くじらのくじらん

市川宣子さく　　村田エミコえ

もくじ

くじらんとバナナ

海《うみ》のそこに、バナナが一本《いっぽん》おちていました。

魚《さかな》たちはだれも、バナナをみたことがありません。

なんだろう?

なんだろう?

そこへ、くじらのくじらんがやってきて、いいました。

「これはたいへん! お月《つき》さまではないですか。早《はや》くお日《ひ》さまにおしらせしなくては」

くじらんはバナナをせなかにのせて、しゅわしゅわーっと空《そら》へふきあげました。

「お日《ひ》さまぁ。お月《つき》さまがおっこちてますよぉ! おむかえにきてくださぁい!」

魚《さかな》たちも声《こえ》をあわせました。

「お日《ひ》さまぁ！」

「お日《ひ》さまってばぁ！」

でも、お日《ひ》さまはしらんぷり顔《かお》です。

「……みなさん」

と、くじらんがいいました。

「ここは一《ひと》つ、おどろうじゃありませんか」

くじらんは、しっぽでなみをたたいて、うたいだしました。

♪ずんぱぱ　ずんぱ
ずんぱっぱ

お日《ひ》さま　お日《ひ》さま
こっち　みてよ

魚《さかな》たちは、くじらんのまわりをぐるぐるおどりだしました。

♪お日《ひ》さま　お日《ひ》さま
こっち　みてよ
ずんぱぱ　ずんぱ
ずんぱっぱ

ところが、こっちをみたのは、お日《ひ》さまではありませんでした。

かもめのかもんめが、魚《さかな》たちめがけて、ひゅーんととんできたのです。

「うふ、ごちそうが、わになってておどってるじゃないの。いただきまぁす！」

はねをとじたかもんめが、矢《や》のように海《うみ》につきささりました。が、そのとたん、

「……あら？」

魚《さかな》たちは一《いっ》ぴきのこらずきえてしまったのです。

かもんめは、ぽかんとくちばしをあけました。

そこへくじらんが、ずいっとバナナをさしこみました。

「やあ、かもんめ、空《そら》からお月《つき》さまをおむかえにきてくれたんです

郵便はがき

176-0004

東京都練馬区小竹町二-三三-二四-一〇四

株式会社

リーブル

行

おそれいりますが
切手を
おはりください。

リーブルの本をご愛読くださいまして ありがとうございます。

今後の本づくりの参考にさせていただきたく，お手数ですが，
ご意見・ご感想をぜひおきかせください。

書　名

お名前　　　　　　　　　　　　　　　　（男・女　　才）

ご住所

お仕事

お求めの書店名　　　　　　　　　（　　県　　　市・町）

この本をお知りになったのは？

1. 書店　2. 知人の紹介　3. 紹介記事　4. 図書館
5. その他（　　　　　　　　　　　　　　　　　）

ご意見・ご感想をお願いいたします。

ご協力ありがとうございました。

ね。いや、ありがとう」

「ふ？　ふが？」

かもんめはなにかいおうとしましたが、バナナでいっぱいで口《くち》がきけません。

「ふがふがふが」

くじらんにおされるようにして、雲《くも》のむこうへとんでいきました。

かもんめがみえなくなると、くじらんの大《おお》きな口《くち》のなかから、魚《さかな》たちがぞろぞろでてきました。

「ああ、びっくりした」

「かもんめにたべられちゃうかとおもった」

「くじらん、ありがとう」

くじらんはだまって、かもんめのきえた東《ひがし》の空《そら》をみあげていました。

やがて、海《うみ》に夜《よる》がきました。東《ひがし》の水平線《すいへいせん》から、金色《きんいろ》の三日月《みかづき》がのぼってきました。

「ああ、よかった！」

「かもんめ、ちゃんとお月《つき》さまを空《そら》にかえしてくれたんだね」

「おやすみ、くじらん」

「おやすみなさい。きょうは、いいことができた、いい日《ひ》でしたね」

くじらんはうれしそうに、月《つき》あかりにきらきら、しおをふきました。

遠《とお》くのなみまに、おなかのふくれたかかもんめが、うつらうつらゆれています。

くじらんとせなかのたまご

くじらんは、七《なな》つの海《うみ》をたびするくじらです。

いまも、遠《とお》いつめたい南《なん》きょくの海《うみ》から、ねったい魚《ぎょ》たちのすむあたたかい海《うみ》まで、やっとおよぎついたところでした。

明《あか》るい風《かぜ》に、ほっとしてしおをふくと、

「ひさしぶりね、くじらん」

かもめが一《いち》わ、すいっとせなかにおりてきました。

「やあ、かもんめですか。ずいぶん南《みなみ》でおあいしましたね」

「もう北《きた》へかえるわ。こっちの魚《さかな》って、きれいなだけで、あんまりおいしくないんだもの……あら？」

かもんめは、くじらんのせなかにかがみこみました。

「くじらん、せなかのくぼみに、なにをのせているの？」

「さあ？　なにかのっていますか？　わたし、自分《じぶん》のせなかだけはみたことがないんですよ。世界《せかい》をたびしていてもね」

くじらんは、のんびりいいました。

「ふうん……これ、なにかしらね」

こつこつ。

かもんめは、くちばしでなにかをつつきました。

こつこつこつ。かたい音《おと》がして、
こつこつこつこつ……ぴいぴい！

とつぜん、黄色《きいろ》いなき声《ごえ》があがりました。

「あらやだ、ペンギンのたまごだったのね。ねえ、くじらん、うまれちゃったわよ」

「え？」

くじらんはあわてました。

「いつのまに……？　わたし、南《なん》きょくからつれてきちゃったんでしょうか？」

ぴーい、ぴーい、ぴーい！

ペンギンのあかちゃんがあんまり大《おお》きな声《こえ》でなくので、ねったい魚《ぎょ》たちがよってきました。

ちゃぷん、ちゃぷん、くじらんのまわりをジャンプして、のぞきこみます。

「へえ、ペンギンのあかちゃん？」

ちゃぷん。

「ないてるね」

ちゃぷん。

「かえりたいんだね」

ちゃぷん。

「ママにあいたいんだね」

ちゃぷん、ちゃぷん、ちゃぷん……。

ペンギンのあかちゃんは、目《め》の前《まえ》をつぎつぎきれいな魚《さかな》がとおるので、びっくりしてなきやみました。

そのとき、かもんめがいいました。

「くじらん、みて。船《ふね》がくるわよ」

「ほう。あれは南《なん》きょくへいく、南《なん》きょくかんそく船《せん》です」

くじらんは船《ふね》をみて、空《そら》をみて、こういいました。

「みなさん、いっしょにこの子《こ》をたすけてくれますか？　お日《ひ》さまもどうかおねがいします」


さて、こちらは南《なん》きょくかんそく船《せん》です。

「船長《せんちょう》！　くじらです、くじらがしおをふいています」

みはりがいうと、かんぱんにのりくみ員《いん》があつまってきました。

「わあ、にじだ。くじらのふくしおに、お日《ひ》さまがあたって、にじがかかったぞ」

「あ、ねったい魚《ぎょ》だ。ねったい魚《ぎょ》のむれがジャンプして、ちゃぷん、ちゃぷんと、にじをこえていくぞ」

「なんてきれいなんだ」

「こんなの、みたことがないぞ」

船《ふね》ののりくみ員《いん》はみんな、くじらんたちにみとれていました。

うしろからかもんめが、ペンギンのあかちゃんをそっと船《ふね》にのせたことなど、だれも気《き》づかなかったのです。

やがて水平線《すいへいせん》に船《ふね》がきえ、すぐあとから、お日《ひ》さまもしずんでいきました。

くじらんと魚《さかな》たちは、もうみえない船《ふね》をみおくっています。

「お日《ひ》さまがあの船《ふね》をおまもりくださいますように」

「船《ふね》の人《ひと》たちがあの子《こ》をまもってくれますように」

「あの子《こ》がかならず
ママにあえますように」
夕《ゆう》やけ空《ぞら》をかもんめが、
北《きた》へ北《きた》へととんでいきます。

くじらんと
「しまかげごっこ」

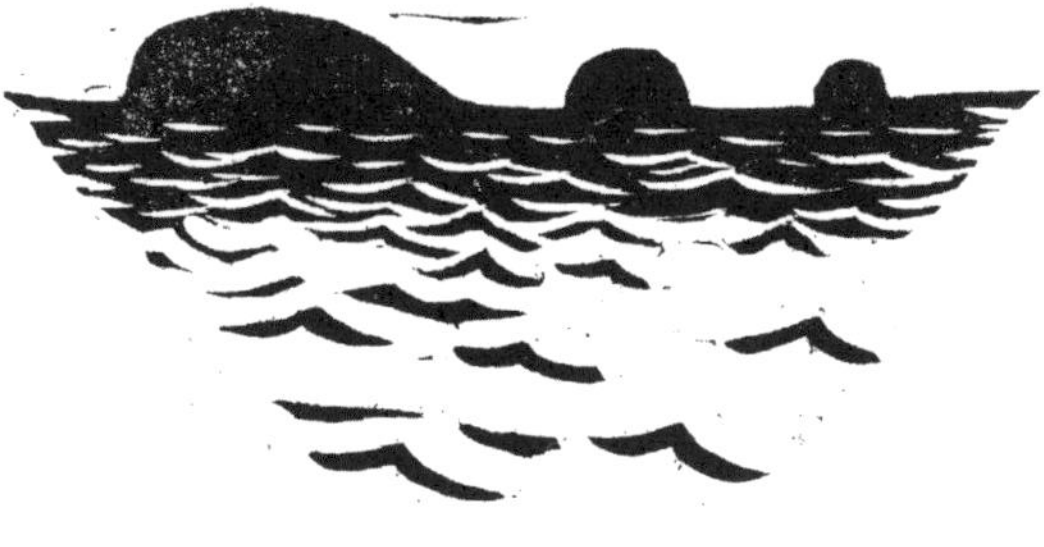

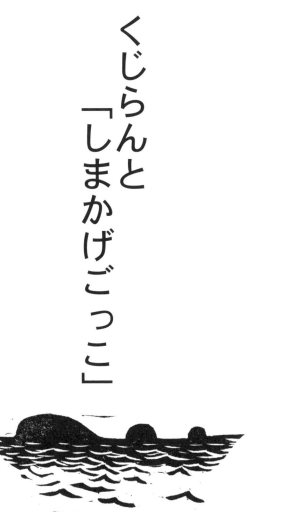

くじらのくじらんが、いちばんとくいなあそびは、「しまかげごっこ」です。
「しまかげごっこ」をするときは、まず「しま」と「おに」にわかれます。
「しま」になるのは、くじらんと、いるかくんと、たこくん。なみのうえに、まあるく、せなかや頭《あたま》をだして、しまのふりをします。
「おに」は、かもめのかもんめ。
あそびかたは、「だるまさんがころんだ」に、にています。おにが目《め》をとじて、
ど・の・し・ま・が・う・ご・い・た・か
というあいだに、だれかがすいーっとうごきます。

おには、うごいたしまをあてるのです。

くじらんは、いちばん大《おお》きなしまだけど、ぜんぜんなみをたてないで、すい〜、すい〜とうごけるので、ちっともあてられません。

ある日《ひ》のこと。

あそびのとちゅうでかもんめが、

「ちょっとまって。なにかながれてくる」

といいました。みんなで目《め》をこらすと、どうやら、いかだです。人《ひと》がのっています。

「たいへんだ。きのうのあらしでながされたんだ！」

「西《にし》にむかっていくよ！」

「西《にし》には、りくはない、どこまでも海《うみ》なのに！」

「そろそろきりもでてくるよ！」

くじらんたちはあそびをやめて、なにか、そうだんをはじめました……。


いかだのうえの人《ひと》は、つかれきっていました。

「右《みぎ》も左《ひだり》も海《うみ》、海《うみ》、海《うみ》。いったいどっちに、こいでいけばいいのだろう？」

力《ちから》なく、ぐるりと海《うみ》をみまわしました。すると、きりのむこうにしまかげがみえたのです。

「……？　さっきはなかったぞ？」

大《おお》きいしまと、中《ちゅう》くらいのしまと、小《ちい》さいしまです。かもめが、しまにむかってとんでいきます。

「やった！　りく地《ち》だ、りく地《ち》だ」

いかだの人《ひと》はきゅうに元気《げんき》がでて、ちゃぷちゃぷこぎだしました。

ところが……あれ？　あれれ？　すい〜、としまが遠《とお》くなるようです。

「まってくれ〜、しまなのににげないでくれ〜」

ちゃぷちゃぷ、いかだが近《ちか》づくと、すいすい、しまは遠《とお》くなります。ちゃぷちゃぷ、すいすい、しまをおいかけて、いかだはずいぶん東《ひがし》にすすみました。でも、

「……どこまでこいでもおいつかない。もういやだ、わるいゆめにちがいない」

いかだの人《ひと》は、とうとうこぐのをやめてしまいました。

そのときです。さあっときりがはれて、水平線《すいへいせん》に大《おお》きな大《おお》きなりく地《ち》があらわれたのです！

「やった！　こんどはほんものだ！」

いかだの人《ひと》は、またむちゅうでこぎだしました。すぐそこで、まるいしまかげが三《みっ》つ、海《うみ》へしずんだことには、ぜんぜん気《き》づきませんでした。


やがて海《うみ》は夕《ゆう》やけにそまりました。

いかだがはまべについたのを、そっとみおくってから、いるかくんとたこくんは、さくら色《いろ》の海《うみ》のなかへかえっていきました。

「きょうも、いいことができたいい日《ひ》でした」

くじらんはお日《ひ》さまにむかって、にじ色《いろ》のしおをふきました。

かもんめのはねもさくら色《いろ》、うつらうつらゆれています。

くじらんとくらげくん

あらしです。

なみのさかまく海《うみ》のなかで、くじらんはじっとしていました。

ときどきひれをうごかすだけ、ゆらりともしません。

いま、くじらんはホテルなのです。

大《おお》きな口《くち》のなかに、小《ちい》さな魚《さかな》たちが、たくさんおとまりしているのです。世界一《せかいいち》あんぜん・あんしんなくじらんホテルは、ただいま、まんいんでした。

ごおおお……。あらしは、こんぶの林《はやし》をひきちぎっていきます。

くじらんの口《くち》のなかはしん、としずかです。

(みんな、こわいんでしょうねえ。歌《うた》でもうたってあげられたらいいのですが)

そうおもっても、うっかり口《くち》はあけられません。

すると、口《くち》のなかからふやけた歌声《うたごえ》がきこえてきました。

♪ゆうらら　ゆらり　くらげくん
みえないけれど　くらげくん
とおりぬけは　できませーん

ぷちぷちぷち！　魚《さかな》たちのわらい声《ごえ》がはじけました。

「くじらん、きこえた？」

「すきとおったくらげくんが、いっしょだったよ」

「よくみえないから、気《き》がつかなかったよ」

小《ちい》さな魚《さかな》たちは、口《くち》のなかをおよぎはじめたようでした。

「よくみえないから、ぶつかっちゃうよ」

「ぷよーん、ぷよーんって、はねかえされるよ」

ふにゃにゃにゃにゃにゃ！　ふやけたわらい声《ごえ》は、くらげくんでしょうか。

（よかった……）

と、くじらんはおもいました。

（うたって、わらっていれば、あらしのすぎるのは早《はや》いですから）

やがてなみがしずまり、海《うみ》のそこにお月《つき》さまの光《ひかり》がとどきました。

くじらんホテルから、小《ちい》さな魚《さかな》たちが元気《げんき》よくとびだしてきます。

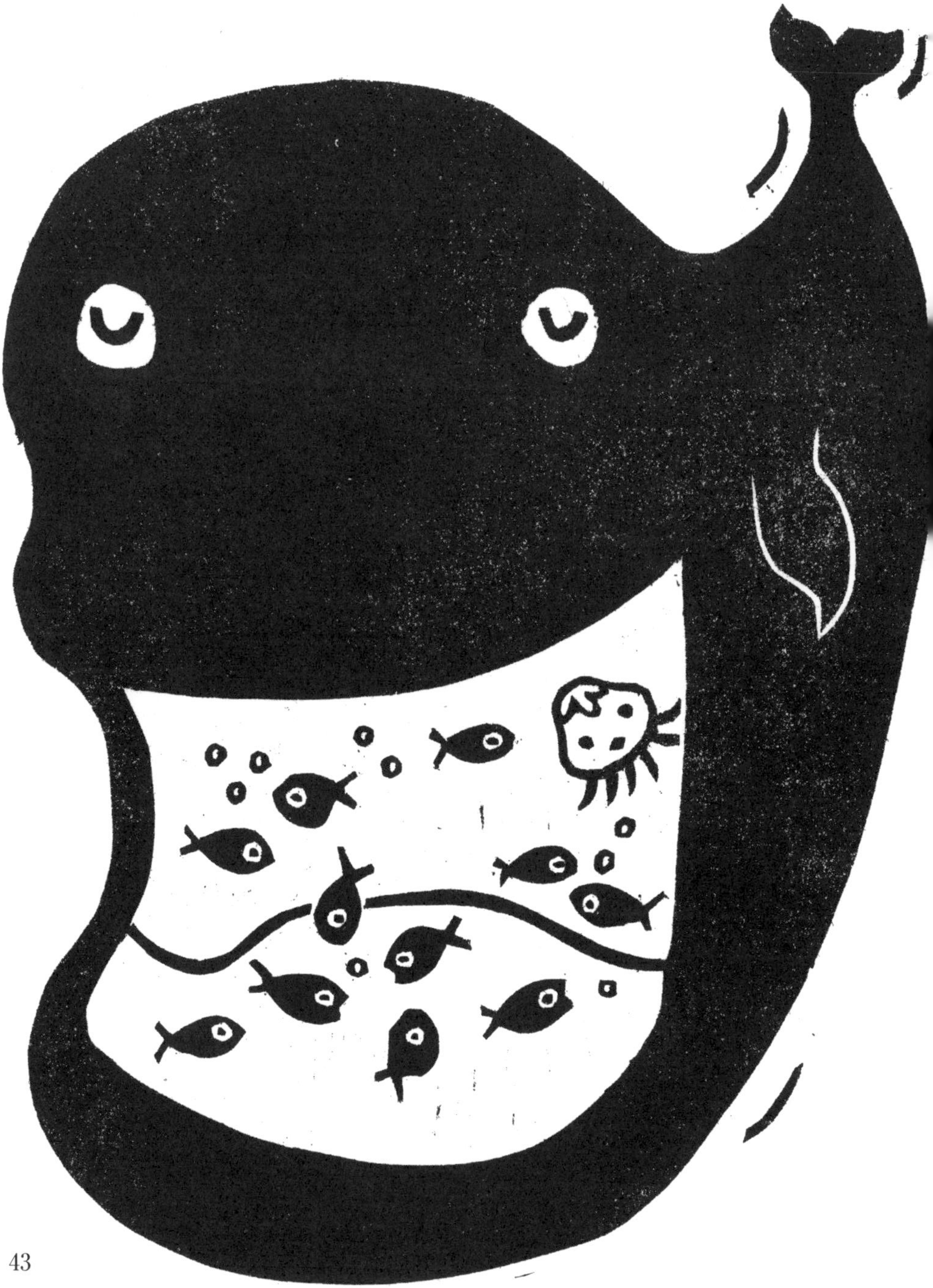

「くじらん、ありがとう！」

「きょうのあらしはすごく早《はや》かった！」

「みんなぶじで、なによりでした」

そのとき、
ふえええええん！

ふやけたなき声《ごえ》がひびきわたりました。

「おかあさん、どこ？　どこ――――？」

くらげくんです。

「『こんぶの林《はやし》でまってるよ』っていってたのに……」

こんぶの林《はやし》はあらしでひきちぎられて、あとかたもありません。

「たいへん、くじらん。」

「くらげくんが、まいごだよ」

「大《おお》きくても、まだ子《こ》どものくらげくんだったよ」

くじらんは、くらげくんをそっとひれでだきよせて、

「だいじょうぶ、きっとおかあさんにあえますよ」

ゆっくりゆすりながらうたいだしました。

♪ゆうらら　ゆらり　くらげくうん

……ひっく！　くらげくんはなきやみました。魚《さかな》たちもいっしょにうたいます。

♪みえないけれど　くらげくうん

すると、もわもわ、ひくい声《こえ》がかさなりました。

♪そこに　いたの　くらげくうん

「おかあさんだ、おかあさぁーん！」

ゆらら……くらげくんがおよいでいった！　とおもったら、ぷよーん！　はねかえされました。

♪とおりぬけは　できませーん

もわもわ、わらい声《ごえ》がして、大《おお》きななにかがゆっくりおじぎをしたようでした。

「くじらん、みなさん、ありがとうございました」

よくみえないくらげくんと、よくみえないおかあさんは、なかよくおよいでいったようでした。

くじらんとほそながくん

くじらんたちは、ある日《ひ》、遠《とお》くをはしる白《しろ》いなみをみつけました。

「ねえ、くじらん、なみのあいだを、なにかがびゅんびゅんとんでいくよ」

「あれは、とびうおのむれです」

くじらんがいいました。

「はねのように、ひれをひろげてとぶ魚《さかな》ですよ」

「ぼくもとんでみたい！」

「ぼくもぼくも」

そこでくじらんは、しっぽでやさしくなみをゆらし、魚《さかな》たちは、ぴょん、ぴょん、とびこえてあそびはじめました。

♪おおなみ　ゆーらゆら（ぴょん！）
しらなみ　ざんぶりこ（ぴょん！）

「わあい、なみのうえへとべたよ」

「わあい、水《みず》のそとへとべたよ」

魚《さかな》たちはおおよろこびです。

おや、むこうのなみまに1ぴき、じっとこちらをみている、ほそながい魚《さかな》がいます。目《め》ばかりきょろりと大《おお》きくて、まだ子《こ》どもみたい。

「だれ？」

「だれ？」

「いっしょにとぼう？」

魚《さかな》たちがさそいました。

「とばないよ、こわいもん」

ほそながくんは、きゅっとひれをとじて、いいました。

くじらんは、やさしい目《め》でほそながくんをみました。

「ふうむ。きみがね、とぶのがこわいんですか」

「こわいよ、なみのうえは風《かぜ》がふいてるもん」

「ふうむ。風《かぜ》がね、そうですね」

くじらんは、こんどは空《そら》をみあげました。

風《かぜ》は空《そら》に雲《くも》を広《ひろ》げて、雨《あめ》がふりだしました。海《うみ》は白《しろ》くけむって、遠《とお》くのとびうおのむれもみえなくなりました。

「うん、今《いま》なら、なみのうえも、水《みず》のなかみたいですよ」

くじらんがつぶやくと、ほそながくんが、なみからちょっぴり顔《かお》をだしました。

雨《あめ》が、ほそながくんにやさしくふりそそぎます。

くじらんは、しっぽで小《ちい》さなやさしいなみを一《ひと》つ、ほそながくんにおくりました。

ほそながくんは、ぴょん！　じょうずにとびこしました。

「ぼくもぼくも」

魚《さかな》たちもまた、とびはじめました。

♪おおなみ　ゆーらゆら（ぴょーん）

しらなみ　ざんぶりこ（ぴょんぴょーん）

だんだん高《たか》く、だんだん遠《とお》くへ。

ほそながくんもみんなといっしょに、だんだん高《たか》く、だんだん遠《とお》くへ。

「ずいぶん、じょうずになりました」

くじらんがいうと、ほそながくんは、

「うん、ぼく、やっぱりみんなといっしょにとべるよ」

といいました。

そのとき、雨《あめ》がやんでお日《ひ》さまが顔《かお》をだしました。さっきのとびうおたちのむれがまた、遠《とお》くにみえました。するとほそながくんはきゅうに、なみにもぐっていってしまいました。

「あれえ、ほそながくーん、どうしたのー?」

「やっぱり風《かぜ》がこわくなったのー?」

いいえ、ほそながくんは、海《うみ》のそこからいきおいよくおよいできて……、
しゅうううっ!

なみからとびだしたのです。とじていたひれを大《おお》きく大《おお》きくひろげて、まるで鳥《とり》のように。

「あ、とびうおだ!」

魚《さかな》たちはびっくり。

「ほそながくんって、とびうおの子《こ》どもだったんだ!」

ほそながくんは、小《ちい》さな矢《や》じるしみたいに、なみまをぴょんぴょんとんでいって、やがてはるか水平線《すいへいせん》のにじのしたで、なかまのむれにおいつきました。

「やったあ！」

「ほそながくん、かっこいい！」

「りっぱなとびうおです」

しゅううっ！

くじらんは、にじにむかって大《おお》きくしおをふきました。

魚《さかな》たちもうれしくて、にじにむかって、ぴょんぴょん、ぱっしゃあん、と、とびあがったのでした。

くじらんと黒《くろ》いたまご

海《うみ》のなみに、やしのみがうかんでいました。

「なんだろう？」

「まるいね」

「くじらん、くじらーん、なにかうかんでいるよ」

魚《さかな》たちは、くじらんをよびました。

「さあ、なんでしょうか？　まるいですね」

「まるいのってなんだ？」

「あ！　きっと、たまごだよ！」

「なるほど、たまごかもしれませんね」

♪おいで　あかちゃん　ひろい　うみへ

くじらんはうたいました。くじらんは、たまごをみるといつもこの歌《うた》をうたいたくなるのです。

「その歌《うた》、ぼくもたまごだったとき、きいた」

「ぼくも。くじらん、おぼえてる？」

「おぼえていますとも。みんなみんな、光《ひかり》のつぶみたいに小《ちい》さなたまごでしたね」

「……でも、このたまごは大《おお》きいねえ」

魚《さかな》たちは、やしのみをつつきました。

「かもんめのたまごかもよ」

「かもめのたまごは、しまにあるんだよ」

「こうらみたいにかたいから、うみがめさんのたまごかな？」

「うみがめさんのたまごは、すなはまだよ」

「黒《くろ》いね。ぬれて黒《くろ》くひかってる」

「黒《くろ》いのは……？」

みんなはくじらんをみました。

「ねえ、これ、くじらのたまごじゃないの？」

「え？　……くじらの？」

くじらのたまごって、ええと？

くじらんはびっくりして、かんがえました。

自分《じぶん》はいったい、どんなたまごからうまれてきたのだったか、あれはたしか、ええと、ええっと……。

うまれたときのことをおもいだそうとして、くじらんはしっぽのさきに力《ちから》をいれました。と、ふいに、かすかな歌《うた》がきこえてきたのです。

♪おいで　くじらん　ひろい　うみへ

（ああ、おかあさん）
くじらんはおもいだしました。
うまれたばかりのくじらんにうたってくれた、おかあさんの声《こえ》を。
くじらんはたまごじゃなくて、おかあさんのおなかからうまれてきたことを！

♪いこう　くじらん　あおい　うみを

おかあさんは、いつでも、どこまでも、いっしょにおよいでくれました。

だからくじらんは、小《ちい》さなたまごからたった一《いっ》ぴきでひろい海《うみ》にうまれてくるあかちゃんたちをみると、おかあさんの歌《うた》をうたってあげたくなるのです。

「うたいましょうか、このたまごにも」

♪おいで　おいで　ひろい　うみへ

魚《さかな》たちも声《こえ》をあわせました。

くじらんにうたってもらった歌《うた》を、みしらぬたまごのために。

やしのみがゆらゆらながれていき、長《なが》い春《はる》の日《ひ》がしずんでみえなくなってしまうまで、ずっとうたってあげたのです。


どのくらい時間《じかん》がたったでしょうか。

「……みて、くじらん」

「お月《つき》さまがうまれてきた！」

やしのみがきえた水平線《すいへいせん》から、銀色《ぎんいろ》の月《つき》がのぼってきました。

「夜《よる》みたいに黒《くろ》いたまごから、こんやのお月《つき》さまがうまれたんだね」

「うたってあげてよかったね」

「ええ、ほんとうに、すばらしい歌《うた》でした」

小《ちい》さな魚《さかな》たちのまんなかで、くじらんは、たかだかとしおをふきました。

くじらんは小《ちい》さな海《うみ》で

くじらんは、七《なな》つの海《うみ》をたびするくじらです。

コバルトブルーの南《みなみ》の海《うみ》も、つめたい氷《こおり》の南《なん》きょくの海《うみ》も、ぐんぐんおよぎわたってきました。

が、このまえのあらしの夜《よる》、くじらんははじめての小《ち》さな海《うみ》にまよいこんでしまったのです。あらしがすぎて、夜《よ》があけてみると、そこはぐるりとすなはまにかこまれた、あさくて小《ちい》さな海《うみ》でした。

「……おやまあ、これはいけません」

くじらんはまわれ右《みぎ》、いそいで、おきのほうに、かえろうとしました。

が、あらまあ、それもできません。

小《ちい》さな海《うみ》の入《い》り口《ぐち》はとてもあさくて、くじらんのりっぱなおなかが、つかえてしまうのです。

おやまあ……あらまあ……右《みぎ》をむいたり左《ひだり》をむいたり、ばっしゃばっしゃしていると、

「ああら、くじらん、なにしてるの？」

かもめのかもんめがとんできました。

「みんなが、びっくりしてるじゃないの」

気《き》がつくと、ぐるりのはまべには、カニやタコやヤドカリたちがいっぱい。みんな海《うみ》からあがって、心《しん》ぱいそうにこちらをみていたのです。

「これはこれは……いけませんでした」

くじらんは、ばしゃばしゃするのをやめました。

なみのうえに、こんもりまるいせなかをだして、

「もう、うごきません。くじらんじまでございます」

といいました。

すると、はまべのみんなは、わーい！　と声《こえ》をあげていっせいに
小《ちい》さな海《うみ》にとびこんできました。

「わーい、くじらんじまだって！」

「わーい、じょうりく！　いちばん！」

「わーい、ぼくのほうがいちばんっ！」

どんどん、くじらんのせなかにのぼってきます。

「くじらんじますべりだい。しゅーっ！」

「くじらんじまとびこみだい。ばちゃーん！」

のそのそヒトデやナマコものぼってきました。

かもんめとその友《とも》だちも、ふうわりまいおりてきます。

くじらんもたのしくなって、

「くじらんじまふんすいですよ、しゅわーっ！」

みんなをのせて、しおをふきあげました。

「ひゃっほーい‼」

「ひゃっほーい‼」

小《ちい》さな海《うみ》にみんなの声《こえ》がひびきます。

一日《いちにち》たっぷりあそんで、やがて夕《ゆう》がた。

……くじらーん。

くじらーん。

おきから、小《ちい》さな魚《さかな》たちがたくさんおよいできました。

「くじらん、ここにいたの？　もう夜《よる》がくるよ」

「くじらんがこもり歌《うた》をうたってくれないと、ねむれないよ」

ひたひたさざなみがよせてきて、小《ちい》さな海《うみ》にもしおがみちました。

おなかのつかえていた海《うみ》のそこは、ずいぶんふかくなりました。

「どうやら、おきにかえれそうです。みなさん、たのしい一日《いちにち》をほんとうにありがとう」

「さよなら、くじらん」

「またきてね、ぜったいね」

くじらんは、ざぶんとしっぽでなみをけり、ひろく、ふかく、すずしい海《うみ》へと、およぎだしていきました。

その夜《よる》、小《ちい》さな海《うみ》のみんなは、くじらんのこもり歌《うた》を遠《とお》くにききながらねむりにおちました。

♪おやすみなさい　いいゆめをみて
きょうはあしたにつながっているから
おやすみなさい　またあいましょう
海《うみ》はひとつにつながっているから

くじらんと
ひらめのひいらりさん

海《うみ》のうえにお月《つき》さまがのぼると、くじらのくじらんは歌《うた》をうたいます。

♪おやすみなさい　こんやのゆめは金色《きんいろ》のゆめ
金色《きんいろ》のお月《つき》さまがゆれるから

海《うみ》の魚《さかな》たちは、毎《まい》ばんくじらんの歌《うた》をききながらねむります。
ある夜《よる》、おへんじの歌《うた》がきこえてきました。

♪おやすみなさい　こんやのゆめは銀色《ぎんいろ》のゆめ
銀色《ぎんいろ》のくじらんがうたうから

「へんな歌《うた》」

魚《さかな》たちは、目《め》がさめてしまいました。

「くじらんは銀色《ぎんいろ》じゃないのに」

「くじらんは夜《よる》より黒《くろ》いのに」

「だれがうたってるんだろう?」

声《こえ》をたどっていって、びっくりしました。

「だれもいないよー、くじらん!」

「海《うみ》のそこのすながうたってるよー、くじらん!」

くじらんがおよいできて、声《こえ》をあげました。

「おや、ひらめのひいらりさん。こんなふかい海《うみ》までようこそ!」

すると、ひらりん。海《うみ》のそこのすなから、ひらべったいすなもようの魚《さかな》がうきあがりました。

「こんばんは、くじらん。遠《とお》いあさい海《うみ》でずっとあんたの歌《うた》をきいていて、こんやはとうとうあいにきたんだよ」

魚《さかな》たちはわっとあつまりました。

「ひらめのおばあさんだ！」

「ぜんぜんみえなかった。かくれんぼ名人《めいじん》だ」

「ふぉふぉふぉ、かくれんぼはたのしいよ。みんなもやってみるかい？」

そこでみんなは海《うみ》のそこのすなにおなかをつけて、じいっと、ひらめになってみました。

ちゃぷちゃぷ。頭《あたま》のうえを、なみが、とおります。

ぷかぷか。やしのみが、ながれてきます。

ゆらゆら。かもんめが、ねむりながらゆられていきます。

「だあれも、こっちをみないね」

「あ、船《ふね》がくるよ」

船《ふね》はなみのうえをいきながら、ぽたぽた、あかりを海《うみ》におとしていきました。

ぽたぽた、あかりは海《うみ》のそこまでとどいて、きらきら、魚《さかな》たちのうろこがひかります。

「わは！　きみ、ピンクの魚《さかな》にみえるよ」

「あなたはオレンジ色《いろ》よ」

「あ！　ねえ、くじらんをみて！」

くじらんのせなかは銀色《ぎんいろ》にひかっていました。

「ひいらりさんの歌《うた》のとおりだ」

「ふぉふぉふぉ、ほうらね」

「ね、ひいらりさん、またうたって」

「よしよし、もう、ねる時間《じかん》だね」

♪おやすみなさい　こんやのゆめはにじ色《いろ》のゆめ
　みんないっしょにねむるから

ひいらりさんの歌《うた》につつまれて、魚《さかな》たちはすぐにうとうと。くじらんも大《おお》あくびです。

「ふあああ、ありがとうございました。こんやはきっと、みんないいゆめです」

「ふぉふぉふぉ、あたしこそいつもありがとうよ。海《うみ》のそこのすなぐらし、とどくのは船《ふね》のあかりとあんたの歌《うた》だけ。ずっとうたっておくれ」

ひいらりさんはそういって、ひいらりひいらり、あさい海《うみ》へ、かえっていきました。

●この作品は、月刊誌「母の友」(福音館書店)に
掲載されたお話をまとめたものです

くじらのくじらん　　NDC913 88P 202㎜×153㎜

作　者　市川宣子　　画家　村田エミコ
発　行　2016年8月25日初版発行
発行所　株式会社リーブル　〒176-0004 東京都練馬区小竹町2-33-24-104
Tel.03(3958)1206　Fax.03(3958)3062　http://www.ehon.ne.jp
印刷所　株式会社東京印書館

　ISBN978-4-947581-86-0